AF220972

Illustriert von Peter Englhardt.

Geschrieben von Brigitte Bieber.

Geschichten zur Entspannung

In einfacher Sprache.

Für behinderte und nicht behinderte Menschen.

Bibliografische Information der Deutschen Nationalbibliothek: Die Deutsche Nationalbibliothek verzeichnet diese Publikation in der Deutschen Nationalbibliografie; detaillierte bibliografische Daten sind im Internet über dnb.dnb.de abrufbar.

© 2021 Brigitte Bieber

Herstellung und Verlag:

BoD – Books on Demand, Norderstedt

ISBN: 978-37-5577-124-1

Inhaltsverzeichnis

Ein schöner Wintertag..11

Weihnachtsmarkt..14

Spaziergang im Schnee..19

Licht...22

Frühlingssonne im Winter..24

Fasching...27

Einer von Q 10..31

Das verzauberte Gartenbeet...37

Frühling..41

Die kleine Badenixe...45

Hohe Wellen...49

Baden im Meer..53

Am Meer...56

Die Eidechse...60

In der Wüste...63

Die Reise mit dem Bus...65

Busfahrt durch London..68

Die Nase...71

Im Hirschgarten..75

Bunte Blätter..80

Im Supermarkt..83

Im Wohlfühl-Land..87

Das Zauber-Fahrrad...90

Auf dem Markt..94

Hausputz..98

Vorwort

Die Fantasiereisen sind gedacht

als Gestaltungselement von Entspannungseinheiten.

Sie sind in einfacher Sprache geschrieben,

geeignet für Menschen mit und ohne Behinderung.

Die Bilder dazu sind liebevoll gestaltet.

Sie schaffen eine freundliche und harmonische Stimmung.

Peter Englhardt, der die Bilder gemalt hat

(seit über 20 Jahren Förderstättenbesucher)

und Brigitte Bieber, die den Text geschrieben hat

(Dipl. Sozialpädagogin-FH, seit über 30 Jahren in

Kontakt und Arbeit mit behinderten Menschen.)

wünschen Ihnen angenehme Momente der Entspannung.

Ein schöner Wintertag

Du stehst am Fenster.

Du siehst das wunderschöne Winter-Wetter.

Es lockt dich hinaus.

Du ziehst dich warm an.

Draußen blendet dich zunächst die Sonne ein wenig.

Du gewöhnst dich an die Helligkeit.

Du stapfst durch den Schnee.

Der Schnee knirscht unter deinen Stiefeln.

Ein beruhigendes Geräusch.

Du genießt es, draußen zu sein.

Du breitest deine Arme aus,

atmest tief ein und aus, ein und aus, ….

wunderbar frische Luft.

Du gehst weiter durch den weißen Schnee.

Über dir ist strahlend blauer Himmel.

Ein paar Federwölkchen sind zu sehen,

so leicht wie Schneeflocken.

Kinder fahren auf ihren Schlitten den Hügel hinunter.

Hui, sausen sie herab.

Sie lachen und rufen.

So ein Spaß!

Sie kreuzen deinen Weg mit ihren Schlitten.

Du beeilst dich, gehst schnell aus ihrer Bahn.

Von weitem siehst du schon den zugefrorenen Fischweiher.

Auch hier tummeln sich viele Kinder.

Sie fahren mit ihren Schlittschuhen kleine Runden auf dem
Eis.

Ein paar Mädchen und Jungen spielen Eis-Hockey.

Winterstiefel stehen verlassen auf dem Eis.

Sie wurden wohl gegen Schlittschuhe getauscht,

Du gehst weiter am schneebedeckten Feld vorbei.

Hunde gesellen sich zu dem fröhlichen Treiben im Schnee.

Wie gerne auch sie im Schnee herumtollen!

Frauchen und Herrchen werfen Schneebälle.

Die Hunde versuchen, diese zu schnappen und ihnen zu
bringen..

Die Schneebälle zerfallen.

12

Die Hunde wundern sich, probieren es immer wieder,

Das sieht drollig aus.

Du gehst weiter, betrachtest den Schnee.

Eiskristalle glitzern in der Sonne.

Wie viele es wohl sind?

Unendlich viele Schnee-Kristall-Diamanten.

Du erfreust dich an ihrer Schönheit.

Dann biegst du ab in einen Waldweg.

Tannen- und Fichtenzweige sind schwer beladen mit Schnee.

Es sieht aus, als wenn sie dicke, weiße Hauben tragen.

Von einigen Zweigen hängen Eiszapfen herab.

Du gehst näher an sie heran.

Sie ähneln durchsichtigem Glas.

Wie wunderbar sie das Sonnenlicht spiegeln.

Der Waldweg führt zu einer Stelle mit guter Aussicht.

Von hier aus siehst du schneebedeckte Felder,

auch ein Dörfchen und Wald.

Alles abgerundet vom strahlend blauen Winterhimmel.

Die Aussicht ist beeindruckend.

Du verabschiedest dich davon.

Du gehst nach Hause mit einem guten Gefühl.

Die wärmende Sonne begleitet dich.

Du kommst zu Hause an

und denkst an einen angenehmen Winter-Spaziergang.

Weihnachtsmarkt

Warme Kleidung ist wichtig.

Wollsocken und Stiefel wärmen deine Füße.

Thermo-Hose und eine Winterjacke schützen dich vor der

Kälte.

Eine angenehm flauschige Mütze bedeckt deinen Kopf.

Handschuhe sorgen für warme Hände,

Du gehst einen kleinen Hügel hinauf.

Das Gras neben dir ist weiß gefroren.

Deine Augen werden gerade ein wenig geblendet,

von der Sonne.

Für einen kurzen Augenblick schafft sie es,

zwischen den Wolken hervorzuleuchten.

Ein paar wärmende Strahlen landen auf deinem Gesicht.

14

Schon ist die Sonne wieder weg.

Dir wird trotzdem warm durch die Bewegung den Hügel
hinauf.

Jetzt bist du oben.

Angekommen beim Weihnachtsmarkt.

Du schaust dich um.

Die Holzbuden sind mit Tannenzweigen geschmückt.

Im Hintergrund steht die Kirche,

zusammen mit dem Kloster-Gebäude,

alles festlich beleuchtet.

In der Mitte des Weihnachts-Marktes:

Ein großer Tannenbaum, mit Lichtern geschmückt.

Es gibt sogar eine Bühne.

Auf der Bühne steht ein Chor.

Weihnachtslieder erklingen.

Nicht alle Leute hören zu.

Unzählige Leute haben sich viel zu erzählen.

Ein buntes Gewusel von Stimmen.

Jemand beugt sich ein wenig hinunter beim Sprechen, denn

Rollstuhlfahrer unterhalten sich im Sitzen.

Es gibt auch Unterhaltungen, die du nicht hörst.

Du nimmst sie mit den Augen wahr, denn

einige Weihnachtsmarkt-Besucher reden mit den Händen.

In Gebärdensprache.

Du suchst dir einen ruhigen Platz.

Du atmest ganz ruhig durch die Nase ein

 und durch den Mund aus,

ein und aus,.....

Glühwein und Kinderpunsch verströmen einen angenehmen

Duft.

Du magst die Weihnachtsgewürze:

Zimt und Nelken.

An einer Bude darfst du Anis-Plätzchen probieren,

an einer anderen Weihnachts-Stollen mit Kardamom.

Bratapfel-Likör, eine köstliche Idee.

Der Nikolaus im Bischofs-Gewandt kommt vorbei.

Er trägt lässig eine alte Jeans unter der Verkleidung.

Magst du auch einen schönen, roten Apfel?

Ja, gerne.

Kinder umringen den Nikolaus.

Ein Helfer zieht den Karren voller Äpfel.

Den Nikolaus kennen wohl alle hier.

Die Kinder freuen sich über ihn.

Sie lassen sich gerne mit Äpfeln beschenken.

Die Erwachsenen scherzen und lachen mit ihm.

Für jeden hat er ein freundliches Wort.

Oder eine witzige Bemerkung.

Oder einen Apfel, den auch Ältere gerne annehmen.

16

Nun beschenkt er auch die fleißigen Verkäufer in einer Bude.

Zwei Mädchen helfen dort den Erwachsenen.

Die eine mit den schönen, rötlichen langen Haaren packt ein.

Die andere mit den hellen Zöpfen unter der blauen Mütze

arbeitet an der Kasse.

Sie tauschen ein strahlendes Lächeln gegen einen Apfel.

Sie kennen sogar den Namen vom Nikolaus.

Das ist doch der Wolfgang,.... pst, nicht verraten!

Die bunten Kerzen in der Bude gefallen dir.

Jede sieht anders aus.

Schichtkerzen, Granulatkerzen.

In allen Farben wurden sie gegossen.

In einer Bude gibt es etwas Besonderes:

Zuckerwatte, weiß wie Schnee,

wie Feenhaar, um einen Holzstab gewickelt.

Ein kleines Mädchen soll probieren.

Die Mutter steckt ihr ein flockiges Stück in den Mund.

Bääh,macht das Kind.

Die weiße Flocke landet auf dem Boden.

Zuckerwatte kennt das Kind noch nicht.

Du siehst Krippen aus Holz,

sogar Maria, Josef und das Jesus-Kind in einem ausgehöhlten

Baum.

Liebevoll gestaltete Handarbeiten aus Wolle und Stoff wirken etwas zurückhaltender.

Es gibt kuschelige Teddy-Bären, Puppen und ein witziges rosa Schweinchen.

Ein Kinder-Karussell dreht sich.

Vielleicht mag das kleine Mädchen lieber damit fahren, statt Zuckerwatte zu essen?

Über einem Feuer hängt ein großer Topf mit Suppe.

Du gönnst dir einen Teller davon.

Am Feuer ist es wohlig warm.

Von innen wärmt dich die Suppe.

Satt und zufrieden machst du dich auf den Heimweg.

Du gehst den Hügel hinunter,

Jetzt freust du dich auf dein warmes Zuhause.

Auf den Weihnachtstee, den du dir zubereiten wirst

und auf den Nikolaus-Apfel.

Den hast du noch in deiner Tasche.

Er schmeckt am besten in der Wärme.

Und bei Gedanken an den freundlichen Nikolaus

mitten im bunten Treiben auf dem Weihnachtsmarkt.

Spaziergang im Schnee

Du stapfst mit kräftigen Schritten durch den Schnee.

Der Feldweg ist weiß.

An manchen Stellen schaut Gras heraus.

Es ist mit weißen Eis-Kristallen verziert.

Eine ehemalige Pfütze wurde zu einer kleinen Eisfläche.

Das Eis bildet ein glänzendes Ringelmuster.

Mit vorsichtigen Schritten betrittst du das Eis.

Du rutschst ein wenig.

Hui, macht das Spaß!

Das Eis bricht ein.

Ein knackendes Geräusch.

Kleine Eisschollen bewegen sich unter deinen Füßen.

Du gehst weiter,

schaust in die Ferne.

Der Himmel ist mit grauen Wolken bedeckt.

Ob diese Wolken noch mehr Schnee bringen?

Kurz blinzelt die Sonne durch die Wolkendecke.

Dann ist sie auch schon wieder weg.

Du gehst weiter,

in den Wald hinein,

vorbei an schneebedeckten Bäumen.

Es fängt an zu schneien.

Eine Schneeflocke landet auf deiner Nase,

Es kitzelt ein wenig.

Es ist schön hier,

mitten im Schneetreiben.

Du hast warme Kleidung an.

Deine Füße sind warm in den Schneestiefeln.

Du bewegst deine Hände in den dicken Handschuhen.

Deine Hände sind warm.

Du hast eine Mütze auf

und eine Kapuze darüber.

Die Schneeflocken können ruhig darauf landen.

Du bleibst warm und trocken.

Langsam und tief atmest du die frische Winterluft ein,

ein – und aus - , ein – und aus - ,....

Du breitest die Arme aus,

20

als wolltest du alle Schneeflocken fangen.

Es sind unendlich viele.

Mit dem Ausbreiten deiner Arme atmest du tief durch die

Nase ein,

du senkst die Arme und atmest durch den Mund aus..

Ganz entspannt.

Langsam gehst du nach Hause.

Zu Hause angekommen, klopfst du die Schneeflocken ab.

Von oben nach unten, -

von unten nach oben.

Der Schnee ist gründlich abgeklopft.

Du ziehst die Handschuhe aus,

die dicken Stiefel,

die Mütze und die schwere Winterjacke.

Du fühlst dich jetzt leicht und warm.

Voller Energie.

Du streckst dich ausgiebig. -

Mit den Füßen trittst du energisch in deine Pantoffeln.

Auf zum Kaffee- Kochen!

Es ist Zeit, ein warmes Getränk zu genießen.

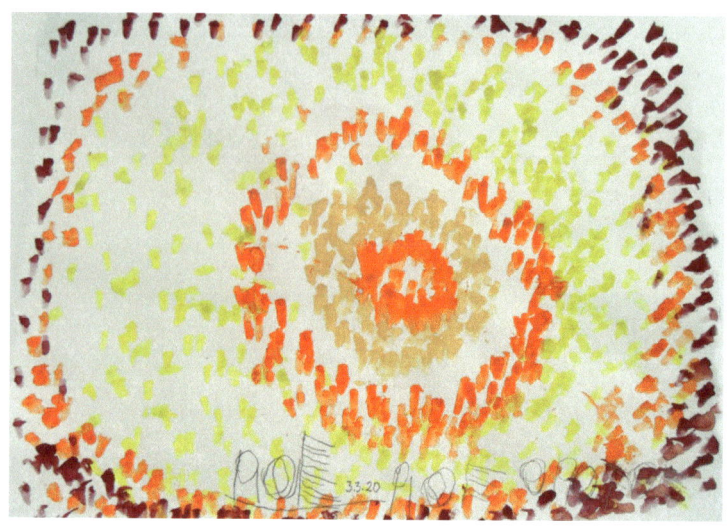

Licht

Es ist dunkel.

Deine Augen gewöhnen sich daran.

Du zündest eine Kerze an.

Das Licht leuchtet sanft, gemütlich.

Es vertreibt alle trüben Gedanken.

Du blickst in den Schein der Kerze.

Zeit zum Träumen.

Zur Ruhe kommen.

Licht ist Leben.

Neugeborene erblicken das Licht der Welt.

Licht ist Freude.

Du strahlst, wenn du dich freust.

Du gibst das Licht und die Freude an andere weiter.

22

Bald zündest du noch eine Kerze an, am zweiten Advent.

Du freust dich auf die vielen Lichter am Weihnachtsbaum.

Christbaumschmuck in Gold und Silber spiegelt das Licht.

Nun schaust du durch das Fenster.

Die Sonne geht auf.

Der Himmel leuchtet rosa.

Die Landschaft ist von weißem Raureif bedeckt.

Jetzt kannst du deine Kerze auslöschen.

Du gehst nach draußen,

in das Licht der Sonne.

Die Luft ist kalt und macht dich wach.

Erfrischt und munter streckst du dich der Sonne entgegen.

Du stapfst mit den Füßen durch das gefrorene Laub.

Der Tag fängt gut an!

<u>Frühlingssonne im Winter</u>

Es ist Mitte Februar.

Du ziehst dich warm an

und gehst hinaus an die frische Luft.

Die Sonne scheint schon warm,

erinnert an den Frühling.

Der Boden unter deinen Füßen gibt etwas nach,

fühlt sich weich und matschig an.

Der Schnee taut.

Aber es gibt noch einige Schneefelder.

Sie sind in der Nacht festgefroren.

Mit festen Schritten läufst du darüber.

Der weiße Schnee reflektiert die Sonnenstrahlen.

Du fühlst dich wie in den Bergen.

Wie in einem berühmten Wintersport- Gebiet.

24

Schnee und Sonne.

Rehe laufen über das Feld.

Eins, zwei, - drei Rehe.

Sie halten kurz an,

ändern die Richtung

und huschen weiter.

So schnell sie gekommen sind,

verschwinden sie wieder.

Das Schneefeld endet.

Du gehst wieder auf den Feldweg.

An der Ecke steht ein Kreuz.

Maria unter dem Kreuz ist sorgfältig blau angemalt.

Sie schaut traurig.

Wir schieben traurige Gedanken weg.

Die Christen denken an Ostern,

an die Auferstehung.

Die Menschen freuen sich auf den Frühling.

Du auch.

Gut gelaunt gehst du weiter.

Jetzt gackern Hühner neben dir.

Sie haben einen modernen, fahrbaren Hühnerstall.

Bei dem schönen Wetter sind sie draußen.

Sie picken und scharren geschäftig hin und her.

Ein weißer, stolzer Hahn fängt an zu krähen.

Er kann gar nicht genug bekommen vom Krähen.

Du bist schon weitergegangen

und hörst ihn aus der Ferne.

Eine Bank im Sonnenschein.

Du setzt dich darauf.

Die Füße stellst du bequem auf die Eisreste am Boden.

Deine Hände liegen locker neben deinem Körper.

Dein Gesicht hältst du der Sonne entgegen.

Du schließt die Augen.

Deine Stirn, deine Nase, deine Wangen und dein Kinn

werden angenehm von den Sonnenstrahlen erwärmt.

Du genießt die wohlige Wärme.

Auftauen, - entspannen,

Licht – und Wärme.

Du atmest ruhig die frische Luft ein,

ein – und - aus, ein - und - aus.

Du öffnest die Augen,

lässt das helle Licht herein.

Du atmest tief durch,

trampelst ein wenig mit den Füßen auf dem Eis,

streckst die Arme

und stehst auf.

Entspannt und ausgeruht machst du dich auf den Heimweg.

Du freust dich schon auf den Frühling.

26

Fasching

Es ist Fasching – oder Karneval.

Du hast Mittagspause in der Werkstatt.

Zeit zum Träumen.

Gut gelaunt denkst du dir eine Geschichte aus:

Eine Gestalt schwebt auf das Gebäude der Werkstatt zu.

Du schaust dir die Gestalt näher an.

Es handelt sich um eine Dame mittleren Alters.

Sie ist mit einem langen, weißen Gewandt bekleidet.

Auf dem Kopf trägt sie einen hohen lila Hut.

Er sieht aus wie eine Tüte mit lila Schleier.

In der rechten Hand trägt sie einen goldenen Stab.

Die Dame erreicht schwebend die Tür.

Diese öffnet sich automatisch.

27

Im Eingangsbereich schwingt sie ihren goldenen Stab.

Sie murmelt ein paar Worte, kaum zu verstehen.

Du hörst ganz genau hin.

Es klingt wie:

Dornröschen........hundert Jahre.......

Die Dame mit dem goldenen Stab kichert.

Sie schwebt links um die Ecke durch eine geöffnete Tür.

Sie betritt einen großen Raum.

Nähmaschinen stehen dort.

Viele Rollen mit bunten Stoffen sind im Regal aufgereiht.

Auf einer angefangenen Näharbeit liegt ein junger Mann.

Er schläft.

An den Nähmaschinen sitzen Leute und schlafen.

Eine Frau schläft im Stehen,

mit einer Schere in der Hand.

Die Dame mit dem goldenen Stab nimmt ihr die Schere aus

der Hand

und legt sie auf einen Tisch.

Sie kichert und verlässt den Raum.

Sie schwebt den Gang entlang und öffnet rechts eine Tür.

Dort liegt ein Mann auf einem roten Hubwagen.

Er schläft dort ganz friedlich.

Die Dame schaut neugierig in einen großen Karton.

Darin schläft in Luftpolster-Folie eingekuschelt

ein junges Mädchen.

Das Mädchen hat lange Haare,

schwarz wie Ebenholz.

Die Dame mit dem goldenen Stab kichert.

Sie schwebt aus dem Raum in den Gang.

Bald gelangt sie zu einer Treppe.

Sie schwebt hinunter in einen großen Saal.

Tische und Stühle stehen hier.

An der Stirnseite befindet sich die Essensausgabe.

Was gibt es denn heute?

Neugierig liest die Dame den Speiseplan:

Gemüse-Lassagne und Salat, - interessant!

Als Nachspeise Faschings-Krapfen!

Lecker!

Die Dame schaut in die Küche hinein.

Dort steht ein großer, silberner Metall-Behälter.

Darin schläft eine Frau auf der Gemüse-Lassagne.

Ein Mann schläft weich gebettet auf grünem Kopfsalat.

Die Dame mit dem goldenen Stab lächelt.

Sie schwebt aus dem Gebäude.

Die Tür geht automatisch hinter ihr zu.

Sie dreht sich um,

blickt auf das Gebäude

und schwingt ihren goldenen Stab.

Dabei murmelt sie etwas.

Du hörst genau hin und verstehst:

Aufwachen!

Deine Mittagspause ist zu Ende.

Fast wärst du eingeschlafen.

Einer von Q 10

Es ist Februar, Faschingszeit.

Am liebsten würdest du dich als Astronaut verkleiden.

Schwerelos herum schweben.

Sich einfach irgendwo hin beamen.

In deiner Fantasie ist alles möglich:

Du bist ein Außerirdischer.

Mit deinem Raumschiff landest du auf der Erde.

Automatische Landung.

In einem Wald.

Schon wieder hast du die Landung verschlafen.

Du verlässt dein Raumschiff.

Die Vegetation erschwert die Fortbewegung auf der Erde.

Du arbeitest dich durch Tannen und Holunderbüsche.

Du gibst nicht auf!

Das ist gut so,

denn schon entdeckst du einen Weg.

Der Weg erleichtert die Fortbewegung.

Ein Gebäude ist zu sehen.

Du bewegst dich auf das Gebäude zu.

Haupteingang.

Bewegungsmelder.

Türautomatik.

Die Tür öffnet sich automatisch.

Eingangsbereich , hell mit Glasfenstern.

Vor dir steht ein Empfangs-Komitee.

Sie wussten also.,dass du kommst.

Telepathie?

Du nimmst eine würdevolle Haltung ein,

wartest darauf, wie das Empfangskomitee reagiert.

Nichts, - lange nichts.

Keine Reaktion.

Vielleicht musst du näher herangehen?

Vorsichtig trittst du einen Schritt vor.

Wieder nichts.

Das Empfangskomitee schweigt.

Du streckst vorsichtig die Hand aus.

Es kommt zu einer Berührung.

Was hast du da in deiner Hand?

Unbelebtes Material.

Schaufensterpuppen.

Du verlässt den Puppen-Eingang,

wendest dich einem Kleiderständer zu.

Der kommt dir sehr gelegen.

Als ob sie es gewusst hätten.

Telepathie?

Du schlüpfst aus deinem Raumanzug,

nimmst einen blauen Arbeitsanzug vom Bügel.

Auf den Bügel hängst du sorgfältig deinen Raumanzug.

Du ziehst den blauen Arbeitsanzug an.

Er passt.

Wie ein Erdenmensch gekleidet gehst du weiter.

Du willst es wissen, - probieren.

Deine Mission erfüllen.

Du betrittst einen großen Lagerraum.

Ein merkwürdiges Fahrzeug bleibt vor dir stehen.

Der Fahrer steigt ab,

schaut dich besorgt an:

Sie wären mir beinahe unter den Stapler gelaufen.

Stapler!

Dir gefällt das Fahrzeug.

Druckluft. - Hydraulik.

Die Menschen transportieren Dinge mit diesen lustigen

Fahrzeugen.

Ja, ja, - die Schwerkraft der Erde.

Damit hast du als Außerirdischer kein Problem.

Der freundliche Lagerist möchte wissen,

womit er dir weiterhelfen kann.

Du weißt, dass es in dieser Gegend eine wohlschmeckende

Flüssigkeit gibt:

Bier!

Du verlangst von dem Lageristen eine Probe davon.

Bitte alkoholfrei.

Das ist deine Mission.

Der Lagerist lacht.

Er meint, Bier gibt es unten im Dorf.

Beim Metzgerbräu.

Du bedankst dich für die wertvolle Auskunft.

Jetzt brauchst du noch eine:

Wie viele Lichtjahre ist der Metzgerbräu entfernt?

Der Lagerist schaut dich fürsorglich an.

Er bringt dich zu einem Ruheraum.

Da sollst du dich ein wenig hinlegen, - ausruhen.

Er meint, du hast zu viel Fasching gefeiert.

Der Lagerist geht weg, - wieder an seine Arbeit.

Du auch.

Schaffst du es heute noch, deine Mission zu erfüllen?

Du beamst dich zum Kleiderständer zurück.

Dort herrscht munteres Treiben.

Ein kleiner Darth Vader steht neben deinem Raumanzug.

Wo kommt jetzt Darth Vader her?

Ach. ja. Die Menschen feiern Fasching

und verkleiden sich.

Ein kleines Mädchen hat sich also als Darth Vader verkleidet.

Sie möchte unbedingt den Raumanzug haben.

Ihre Mutter fragt die Verkäuferin nach dem Preis.

Wir verkaufen keine Raumanzüge, meint die Verkäuferin.

So etwas nähen wir hier nicht.

Wo sie den wohl genäht haben?

Vielleicht im Berufs-Bildungs-Bereich.

Jetzt ist Zeit, einzugreifen.

Du schnappst dir den Raumanzug,

beamst dich zu deinem Raumschiff.

Es ist Zeit, zurückzufliegen.

Du hast wertvolle Informationen gesammelt.

Den Metzgerbräu besuchst du das nächste Mal.

Dann bringst du eine Probe vom alkoholfreien Bier

zu deinem Planeten Q 10,

erfüllst deine Mission.

Es ist Zeit, wieder in die Realität der Erde einzutauchen.

Du freust dich auf deine Arbeit

und die Faschings-Feier danach!

Das verzauberte Gartenbeet

Es ist Frühling.

Du gehst in eine große Gärtnerei.

Hierher kommen Leute,die Pflanzen lieben.

Viele wollen Frühlings-Blumen kaufen:

gelbe Narzissen, rote Tulpen,

Hyazinthen und Primeln in allen Farben.

Wo diese Blumen wohl gepflanzt werden?

Das möchtest du gerne wissen.

Wenn du doch nur ganz klein wärst,

dich auf einer Blumenzwiebel verstecken könntest.

Dein Wunsch wird erfüllt.

Nun spazierst du unter Osterglocken und blauen Trauben-

Hyazinthen herum.

Die Blumen duften fantastisch.

Du schaukelst lässig auf einem Tulpenblatt.

Dann setzt du dich gemütlich auf eine leuchtend orange

Primel,

zwischen die Blüten.

Es ist dort weich und bequem.

Ein süßlicher Duft umgibt dich.

Du musst eingeschlafen sein,

denn als du aufwachst,

hat sich die Umgebung vollkommen verändert.

Deine Primel wurde gekauft und mitgenommen,

 - mit dir!

Deine orange Primel befindet sich weiterhin in einem Plastik-

Pflanz-Topf,

jedoch jetzt umhüllt von einem weiteren Topf,

einem braunen Übertopf in der Form eines Osterhasen.

Um dich herum siehst du nur Steine.

Bist du in einer Steinwüste gelandet?

Oder handelt es sich etwa um einen Steinbruch?

Nein, dazu wirkt es zu geordnet.

Jemand hat sich viel Mühe gegeben:

grauer Schotter um dich herum in einem Kreis,

darum wieder ein Kreis mit schwarzem Schotter.

Aufrecht stehen Granit-Säulen wie Wächter daneben.

Dahinter ein modernes Haus in trübem Grau.

Keine Honig-Biene wird zu deiner Primel finden.

Da kann sie orange leuchten, wie lange sie will.

Überhaupt ist dies kein Wohlfühl-Ort.

Das soll sich ändern.

Du wünschst dir einen lebendigen Vorgarten.

Dein Wunsch wird erfüllt.

Die trostlosen Schottersteine sind verschwunden.

In lebendiger Erde wachsen Sträucher, Kräuter

und Frühlingsblumen in allen Farben,

wie in der Gärtnerei.

Die Granitblöcke sind verschwunden,

vielleicht auf den Friedhof,

und statt dessen gibt es eine Vogeltränke

und ein neues Bäumchen,

eine Cornell-Kirsche,

die gerade anfängt zu blühen.

Du magst wieder deine ursprüngliche Größe annehmen.

Dein Wunsch wird erfüllt.

Du bist wieder ein Mensch in deiner normalen Größe.

Aufpassen musst du,

dass du mit deinen großen Füßen nicht die Pflanzen zertrittst.

Du verlässt den schönen Vorgarten,

schaust noch einmal zurück.

Eine Hummel siehst du,

die den Weg zu deiner Primel gefunden hat.

Die Primel wächst nun in der Erde,

die Töpfe sind verschwunden.

Zufrieden gehst du weiter

und denkst an die Besitzer von diesem bunten Vorgarten.

Wie sie sich wohl freuen werden.... !

Frühling

Die Sonne scheint schön warm.

Du legst dich auf eine Decke.

Draußen, auf der Wiese.

Du drückst deinen Rücken gegen den festen Untergrund.

Du entspannst deinen Rücken.

Deine Beine und Fersen presst du gegen die Decke.

Du lässt sie locker und entspannt liegen.

Du spannst die Arme an,

machst Fäuste mit den Händen.

Du öffnest die Hände.

Deine Arme liegen ruhig neben deinem Körper.

Dein Kopf ist entspannt.

Dein Gesicht gelöst.

Du hörst Vogelgesang.

Du spürst einen leichten Windhauch.

In deiner Fantasie gehst du einen langen Feldweg entlang.

Du erreichst den Wald.

Laubbäume zeigen ihr erstes Grün.

Du machst einen Spaziergang im Wald.

Am Wegrand siehst du kleine Blüten-Sternchen.

Es ist die Vogel-Miere.

Gelbe Löwenzahn-Blüten leuchten.

Wie die Sonne!

Blau-Violette Veilchen schmücken den Waldboden.

Sie stehen in Gruppen.

Wie blaue Kissen.

Der Hasenklee blüht weiß.

Prachtvolle Blüten.

In deiner Vorstellung schmeckst du die leicht säuerlichen
Blätter.

Du gehst gemütlich weiter – und weiter.

Spaziergänger kommen dir entgegen.

Sie grüßen freundlich.

Manche haben Hunde dabei.

Die Hunde freuen sich über die Bewegung.

Sie schnuppern im Gras.

Du triffst einen alten Bekannten.

Es ist kein Mensch.

Es ist eine Pflanze.

Der Waldmeister.

Er hat grüne Blätter.

Diese stehen wie Kragen um die Stiele herum.

In mehreren Etagen.

Oben sind Knospen.

Manche Waldmeister blühen schon weiß.

Du denkst an Waldmeister-Bowle.

Ein Büschel Waldmeister in Sprudelwasser.

Das Wasser nimmt sein Aroma an.

Schmeckt erfrischend.

Du spürst den angenehmen Geschmack auf deiner Zunge.

Du gehst weiter.

Langsam erreichst du eine Lichtung.

Hell ist es hier.

Die Sonne wärmt dich.

Du wanderst weiter durch den Wald,

erreichst den Waldrand.

Ein weites Feld liegt vor dir.

Langsam schreitest du den Feldweg entlang.

Du kommst zu deiner Wiese zurück.

Alles ist schön ruhig.

Du liegst auf deiner Decke.

Die Sonne wärmt dich.

Du bleibst noch eine Weile liegen.

Du bewegst deine Füße,

wackelst mit den Zehen.

Du bewegst deine Beine.

Du streckst die Arme aus.

Du hebst deinen Kopf.

Langsam wirst du munter.

Dann stehst du rücken-schonend auf.

Die kleine Badenixe

Es ist heiß.

Die Sonne scheint.

Du gehst zum Badesee.

Du trägst einen schweren Rucksack.

Endlich!

Die Wiese am Ufer des Sees.

Du legst deinen Rucksack ab.

Welche Erleichterung!

Du breitest deine Decke auf der Wiese aus.

In Badekleidung legst du dich auf die Decke.

Dein Handtuch ist ein gutes Kopfkissen.

Du spielst mit deinen Füßen,

wackelst mit den Zehen.

Du spürst deine Beine

und drückst sie fest gegen die Decke.

Dann lässt du sie ganz locker liegen.

Mit einer Hand entfernst du eine Haarsträhne aus deinem

Gesicht.

Du schüttelst sanft deine Hände, -

deine Arme, - und legst sie neben deinen Körper.

Du spürst mit deinem Rücken das weiche Gras unter der

Decke.

Ein Windhauch weht über dein Gesicht.

Dein Kopf ruht bequem auf dem Handtuch.

Du schaust in den blauen Himmel.

Du schließt die Augen – und schläfst ein.

Im Traum betrachtest du den Badesee.

Das Wasser ist durchsichtig.

Jeder Stein ist zu sehen.

Auf dem Wasser spielen Libellen,

rote Feuer-Libellen und andere in allen Farben.

Du richtest deinen Blick auf das Ufer.

Hochgewachsenes Schilf, - undurchdringlich.

Etwas bewegt sich dort.

Eine Wasserhuhn-Familie,

Mutter, Vater und drei Küken watscheln an Land.

Niedlich!

Noch etwas ist in dem Schilf.

Du entdeckst dort eine kleine Badenixe.

Sie hat grüne, lange Haare.

Freundlich lächelt sie dich an.

Du bist neugierig und fragst, was sie dort macht.

Sie sagt, dass sie den See bewacht.

Sie redet den Libellen gut zu,

dass sie sich nicht streiten.

Sie schubst kleine Kinder mit deren Schwimm-Hilfen an Land,

wenn sie sich zu weit auf den See hinauswagen.

Sie zieht Erwachsene aus dem Wasser,

die ihre Kräfte überschätzen und zu weit schwimmen.

Die kleine Badenixe sammelt auch Müll auf.

Einige Badegäste lassen leider alles liegen.

Die kleine Badenixe lächelt dich wieder freundlich an.

Sie fragt, ob du auch baden magst.

Wache auf und gehe schwimmen!

Du wachst auf, - öffnest die Augen.

Der Himmel ist immer noch blau.

Eine Wasserhuhn-Familie watschelt an dir vorbei.

Du streckst die Arme und Beine aus.

Du stehst auf - und gehst in den See.

Zuerst spürst du das Gras unter deinen Füßen,

dann die kleinen Steine im Wasser.

Das Wasser ist zunächst kühl,

Du tauchst langsam hinein,

gewöhnst dich daran.

Jetzt fühlt sich das Wasser angenehm erfrischend an.

Mit kräftigen Zügen schwimmst du im See.

Lächelnd denkst du an deinen Traum,

an die kleine Badenixe.

Hohe Wellen

Heute weht ein starker Wind.

Das Meeer erstreckt sich vor dir in tiefem Blau.

Am Horizont ist es schwarzblau,

 mit einem kleinen Farbstrich lila.

Die Wellen schäumen in weiß.

Du traust dich ins Wasser hinein.

Der Wellenschaum ist schön warm,

das Wasser kühl.

Die nächste Welle wirft dich um,

zurück in den weichen Sand.

Du kämpfst dich durch,

bis zu einer tiefen Stelle.

Hier kannst du schwimmen.

Eine Welle kommt.

Du springst hoch.

Schaum klatscht dir ins Gesicht.

In der Nase und im Mund spürst du Salz.

Du springst weiter über die Wellen,

landest sanft auf dem Bauch.

Ein angenehmes Schaukeln,

auf, - und ab.

Du bist nicht allein.

Kinder schwimmen in der Nähe,

mit ihren Eltern.

Du hörst ihre Stimmen.

Die Kinder klingen vergnügt, ausgelassen,

die Eltern ermahnend, fürsorglich.

Das Spiel mit den Wellen macht dir Spaß.

Du strengst dich an.

Rechtzeitig springen,

um nicht überrascht zu werden von den Wellen.

Du tauchst ein wenig unter.

Jetzt bist du wieder nahe am Strand.

Von einer großen Welle wirst du aus dem Meer getragen.

Noch eine.

So, jetzt ist es genug.

Das Meer hat dich an den Strand entlassen.

Du suchst dein Handtuch,

trocknest dich ab.

Deine Decke legst du hinter ein Schlauchboot

in den warmen Sand.

Hier bist du vor dem Wind geschützt

und hast ein bisschen Schatten.

Du legst dich auf die Decke.

Deine Füße drückst du in den warmen Sand

und lässt locker.

Deine Hände spüren den weichen Sand.

Arme und Hände liegen ruhig neben deinem Körper.

An deinem Rücken kitzelt das Salz aus dem Meer.

Du drückst deinen Rücken tief in die Decke

und lässt ihn locker.

Mit deinem Kopf formst du eine Mulde in den Sand.

Der Sand gibt nach,

wie ein Kopfkissen.

Dein Kopf liegt entspannt darauf.

Dein ganzer Körper ist entspannt.

Du atmest ruhig,

ein - und aus, - ein - und aus...

Deine Nase ist gereinigt durch das Salz-Wasser.

Die Atemluft fließt langsam hindurch,-

bis in den Bauch, -

der sich sanft auf – und ab bewegt,

wie die Wellen im Meer.

Einatmen durch die Nase - ausatmen durch den Mund

.... ein - aus …..

Du siehst den blauen Himmel über dir.

Der Wind hat die Wolken zu Federn geformt.

Weiße Federwolken am Himmel,

kuschelig weich gezeichnet.

Große Federn, -

kleine Federn, -

im unendlichen Blau.

Du schließt die Augen.

Dein Gesicht ist entspannt.

Du träumst einen schönen Traum......

Baden im Meer

Es ist Mittag.

Die Sonne scheint warm von oben herab.

Der Weg zum Strand ist staubig.

Du gehst barfuß,

fühlst den warmen Sand unter deinen Füßen.

Zu beiden Seiten des Weges sind Bäume.

Sie spenden Schatten.

Eine kleine Steintreppe führt zum Strand.

Du legst deine Tasche ab

und breitest deine Decke aus.

Erleichtert fühlst du dich ohne dein Gepäck.

So leicht läufst du ein paar Schritte ins Wasser.

Zunächst ist das Wasser kühl.

Der Sand gibt unter deinen Füßen sanft nach.

Kleine Wellen umspülen dich.

Du gehst weiter ins Meer hinein,

tauchst unter ins kühle Nass.

Du tauchst auf.

Das Wasser schmeckt salzig.

Du legst dich auf den Rücken.

Das Salzwasser trägt dich.

Die Wellen schaukeln dich sanft auf und ab.

Du atmest bewusst ein und aus.

Du findest deinen Atem-Rhythmus.

Du liegst entspannt auf dem Rücken.

Die Arme neben dir,

die Beine gestreckt auf dem Wasser.

Du lässt dich in Ruhe von den Wellen treiben.

Du hörst das Meeres-Rauschen,

das die Wellen begleitet.

Es wirkt beruhigend.

Du siehst den blauen Himmel über dir

und die unendliche Weite des Meeres.

Das Meer erstreckt sich weiter -

und weiter,

bis zum Horizont.

Du treibst entspannt auf dem Wasser.

Du fühlst dich wohl,

träumst ein wenig

und schaukelst ruhig auf den sanften Wellen.....

Am Meer

(Wir benötigen für jeden Teilnehmer zwei Handschmeichler,

glatte Steine, aufgewärmt z.B. im Backofen.)

Viele Steine liegen am Strand.

Du hast feste Schuhe an

und läufst unbeschwert über die Steine.

Sie sind angenehm glatt,

geschliffen vom Meer.

Du siehst weiße, kalkige Steine,

rote, wie von Ziegelsteinen,

graue, mit weißen Streifen,

dunkelgrüne, mit feinen Äderchen.

Die wärmsten Steine sind die schwarzen.

- In jede Hand nimmst du einen schwarzen Stein.

(Handschmeichler!)

Sie fühlen sich angenehm warm an.

Ihre Wärme geht zu dir.

Du fühlst dich warm.

Ihre Festigkeit verleiht auch dir Stabilität.

Du fühlst dich sicher und stabil.

Trittsicher und mit gutem Gleichgewichts-Sinn

läufst du über die Steine.

Manche wackeln unter dir.

Das macht dir nichts aus.

Es bringt dich nicht aus deiner Balance.

Du erreichst den Sandstrand.

Hell erstreckt er sich vor dir,

begrenzt vom weißen Schaum der Wellen.

Du schaust ins Meer.

Am Horizont treffen sich Meer und Wellen.

Dort erscheint das Meer in einem tiefen Blau.

Zu dir hin sieht es eher türkis aus:

Ein helles, grünliches Blau.

Du breitest dein Handtuch auf dem Sand aus

und setzt dich darauf.

Du streckst dich behaglich darauf aus,

drückst deine Füße in den warmen, weichen Sand,

dann lässt du sie locker.

Mit den Armen formst du eine Mulde in den Sand.

Dann liegen deine Arme entspannt neben deinem Körper.

Du umgreifst noch einmal die warmen Steine in deinen

Händen.

Dann öffnest du deine Hände,

lässt die Steine einfach auf deinen Handflächen liegen.

Dein Kopf ruht weich auf dem Tuch.

Du schließt die Augen.

Du spürst die warmen Sonnenstrahlen im Gesicht,

am ganzen Körper.

Du hörst das Rauschen der Wellen.

Ein regelmäßiges Auf und Ab -

Auf - und - Ab...

Entspannt bleibst du liegen.

Du atmest ruhig ein - und aus,

ein - und aus.

Du stellst dir vor:

du tauchst durch das Meer.

Felslandschaften siehst du unter Wasser.

Kleine, bunte Fische schwimmen darin.

Grüne Meeres-Pflanzen schaukeln im Wasser.

Du gleitest eine Weile dahin.

Dann freust du dich,

wieder aufzutauchen,

tief die frische Meeres-Luft einzuatmen.

Es ist Zeit, an Land zu gehen.

Du öffnest die Augen.

Die Steine in deinen Händen sind immer noch warm.

Du umschließt sie fest,

streckst deine Arme aus..

Deine Beine auch,

wackelst mit den Füßen,

mit den Zehen.

Langsam stehst du auf.

Kräftig trittst du mit deinen Füßen auf,

schüttelst den Sand ab.

Du legst deine Decke über den Arm.

Du fühlst dich gut erholt

und gehst nach Hause.

Die Steine nimmst du mit.

Die Eidechse

Die Sonne scheint.

Es ist warm.

Du gehst auf einer schönen Insel spazieren.

Früher haben hier Piraten gehaust,

wertvolle Schätze versteckt.

Wilde Kämpe gab es auf dem offenen Meer.

Das alles ist vorbei,

nur noch Stoff für Filme und Träume.

Du kannst jetzt die Ruhe auf der Insel genießen.

Dein Weg führt dich an hohen Kiefern vorbei,

dann an niedrigen, alten Korkeichen.

Oleander-Sträucher blühen weiß, rosa und rot.

Trockene Kräuter wachsen am Wegesrand.

Wein-Raute und Curry-Kraut verströmen ihren

eigentümlichen Geruch.

Vom Rosmarin zupfst du ein kleines Ästchen ab.

Du zerreibst es in deiner Hand.

Rosmarin duftet wunderbar.

Du bleibst stehen,

betrachtest den steinigen Boden.

Da bewegt sich etwas.

Eine Eidechse sonnt sich auf dem Stein.

Du siehst ihren eleganten Körper.

Grau, wie die Umgebung.

Am Rücken erkennst du eine Färbung in Grün.

Am Kopf der Eidechse pulsiert die Haut regelmäßig,

wohl in dem Rhythmus, in dem sie atmet.

Sie kringelt sich flink nach rechts, -

dann nach links - und erstarrt.

Wie ein lebloses Ding.

Doch plötzlich flitzt sie weiter.

An ihren vier Beinchen hat sie dünne Krallen.

Ihren Schwanz kann sie abwerfen,

wenn sie angegriffen wird.

Ein wirksamer Schutz.

Sie eilt unter einen Strauch.

Weg ist sie.

Wann sie wohl wieder herauskommt?

Du gehst zu deinem Ferienhaus.

Ein Liegestuhl steht in der Sonne.

Du legst dich hinein.

Deine Beine bettest du bequem.

Dein Rücken liegt entspannt auf dem weichen Kissen des

Liegestuhls.

Mit deinen Händen greifst du die Lehnen,

rechts, - und links.

Du lässt los.

Deine Hände liegen entspannt neben deinem Körper.

Deinen Kopf drückst du sanft in das Kopf-Kissen des

Liegestuhls.

Dein Kopf liegt locker darauf.

Dein Gesicht ist entspannt.

Du siehst das Laub der Bäume über dir.

So viele Schattierungen von Grün:

hellgrün, - dunkelgrün, - olivgrün.

Du schließt die Augen.

Langsam und tief atmest du

ein - und aus, - ein - und aus...

Dein Atem erfüllt dich mit Ruhe.

Du träumst einen schönen Traum.

Vielleicht von der Eidechse.

62

In der Wüste

In deiner Fantasie bist du in der Wüste.

Der Sand ist braun, - ockerfarben, - rötlich,

an einigen Stellen leuchtend gelb.

Der Sand fühlt sich angenehm warm an.

Du lässt ihn durch deine Hände rieseln.

Du legst dich in den warmen Sand.

Deine Füße drückst du fest hinein,

dann lässt du locker.

Die Arme und Hände erkunden den Sand,

liegen danach ganz leicht neben deinem Körper.

Dein Rücken schmiegt sich in den warmen Sand.

Dein Kopf liegt schön weich.

Du bist entspannt,

kannst alles loslassen.

Es weht ein sanfter Wind.

Sandkörner rieseln über dein Haar,

kitzeln ein wenig im Gesicht.

Der Himmel über dir ist blau,

keine Wolke in Sicht.

Du träumst von einer Oase.

Frisches Grün in weiter Ferne.

Du freust dich darauf,

Wasser zu trinken

und saftige Früchte zu essen.

Du gönnst dir noch etwas Ruhe.

Dann streckst du deine Arme aus,

bewegst deine Füße und Beine.

Du stehst auf,

trinkst aus deiner Wasser-Flasche

und holst dir etwas Obst.

Wie saftig und erfrischend es ist!

Du geniest es

und denkst an deine kleine Fantasiereise in die Wüste.

Die Reise mit dem Bus

Stell dir vor, du steigst in einen Reisebus ein.

Der Bus ist modern, bequem und hat Klima-Anlage.

Du gehst an der freundlichen Busfahrerin vorbei.

Es ist viel Platz im Bus.

Du findest einen Platz für dich allein.

Du hast deine Ruhe.

Du kuschelst dich behaglich in die Sitzpolster.

Mit dem Rücken kannst du dich anlehnen.

Dein Kopf ruht auf dem Polster.

Deine Arme und Hände liegen ruhig neben deinem Körper.

Deine Füße finden Halt auf dem Boden.

Der Bus fährt los.

Es ruckelt ein wenig.

Du spürst die Vibration des Motors,

gewöhnst dich an das beruhigende Schaukeln des Busses.

Grün siehst du durch das Fenster.

Grün ist die Sommer-Landschaft der Hallertau.

Hopfengärten, Felder,

Wiesen und Wälder ziehen vorüber.

Kleine Dörfer, - bunte, fröhliche Häuser,

geschäftige Menschen, - spielende Kinder.

Du lässt alles an dir vorbei.

Du reist weiter im fließenden Verkehr.

Eilige Autos, - langsame Traktoren,

schnelle Motorräder, - Lastwagen aus vielen Ländern.

Woher sie wohl kommen?

Du versuchst die fremdländische Schrift zu lesen.

Die Ampel zeigt grün.

Dein Bus kann weiter fahren.

Beruhigt schließt du deine Augen.

In der Ferne hörst du deine Mitreisenden,

mal lauter, - mal leiser.

Frauenstimmen, - Männerstimmen, - Kinderlachen.

Du nimmst es als angenehmes Gemurmel im Hintergrund
wahr.

Es beruhigt mit immer wiederkehrendem

Lauter - und Leiser, Lauter - und Leiser.

Du spürst, wie du tief und entspannt

in deinen Bauch einatmest - und wieder ausatmest.

Ein - und - aus...

Mit dem Reisebus deiner Fantasie

fährst du durch unendlich schöne Landschaften,

immer weiter - und - weiter.

Busfahrt durch London

Du bist in London,

wartest auf den Bus.

Der Bus kommt.

Er hat zwei Stockwerke.

Du steigst ein,

gehst die kleine Treppe hinauf nach oben.

Ein Sitzplatz ganz vorne am Fenster!

Du setzt dich hin,

geniest die Aussicht.

Im Bus ist einiges los.

Du schaust dich um und siehst:

Leute, wie sie unterschiedlicher nicht ausschauen könnten,

mit Rasterlocken, ein Herr mit einem langen, weißen

Gewandt,

eine Dame im Minirock,

ein Junge mit wunderschönen roten Haaren.

Jemand hält eine Zeitung in der Hand.

Alle unterhalten sich zusammen über ein Thema:

Fußball!

Der Bus fährt ab.

Du siehst das bunte Treiben auf den Straßen,

riesige Leuchtreklamen,

alte, ehrwürdige Gebäude,

Menschen kaufen ein,

unterhalten sich,

gehen zur Arbeit.

Ein alter Mann schiebt auf dem Gehsteig eine Schubkarre,

beladen mit Alteisen.

Touristen schauen sich um.

Straßenmaler malen bunte Bilder.

Musiker machen flotte Musik.

Zuhörer bewegen sich zu den Rhythmen.

Ein junger Mann hat sich als Ananas verkleidet.

Er macht Werbung für Obst.

Kinder laufen in Schuluniformen herum.

Der Bus hält an einem großen Park.

Du steigst aus.

Ein weites Grün liegt vor dir.

In einer Ecke tummeln sich Menschen.

Gruppenweise hören sie Rednern zu.

Die Redner stehen jeweils auf kleinen Leitern,

Podesten, etwas erhöht,

damit sie gut zu sehen,

und vor allem zu hören sind.

Sie haben Wichtiges zu sagen.

Sie schreien laut

und gestikulieren wild.

Ein Redner wirkt ruhig, besonnen.

Mit sanfter Stimme sucht er die richtigen englischen Worte.

Er redet über Freundschaft zwischen England und

Deutschland,

über eine Band, die diese Freundschaft bezeugte:

die Beatles.

Die Zuhörer fragen nach dem Brexit.

Du gehst weiter,

setzt dich auf eine Bank,

unter einem alten Baum,

weit weg von den vielen Menschen.

Entspannt schaust du in das unendliche Grün

und denkst an die schönen bunten Eindrücke,

die du in dieser Stadt hattest.

Die Nase

Du nimmst dir Zeit für ein Bad,

ein entspannendes Bad.

Du lässt Wasser in die Wanne laufen,

schüttest ein Schaumbad dazu.

Vorsichtig steigst du hinein.

Es ist genau richtig angenehm warm.

Du streckst dich wohlig aus,

genießt die Wärme und den weichen Schaum.

Der Duft von Lavendel hüllt dich ein.

Du schließt die Augen.

Lila Lavendel-Felder erscheinen in deiner Fantasie.

Ein endloses Lila erstreckt sich vor dir.

Du bist in Südfrankreich.

 Lavendel-Felder ziehen an dir vorbei.

Du begibst dich in eine alte Stadt.

Sie heißt Grasse.

Du steuerst ein altes Gebäude an,

unter Palmen gelegen.

Auf dem alten Gebäude liest du die Inschrift:

Museum der Parfümerie.

Du bist neugierig und gehst hinein.

Ein betörender Duft umgibt dich.

Es sieht aus wie ein übergroßes Backblech.

Wunderschöne Blüten liegen darauf,

in Fett konserviert.

Wie alt diese Blüten wohl schon sind?

Feine weiße Papiere sind fächerartig aufgefaltet.

Sie filtern die Essenzen,

die kostbaren Bestandteile der Blüten.

Unzählige kleine braune Glas-Fläschchen sind ordentlich

aufgereiht.

Jedes hat einen Aufkleber mit Namen.

Neugierig liest du ein Etikett:

Essence Lavande, Lavendel-Konzentrat.

Duftende Seifen werden dir gezeigt.

Es gibt sie in vielen Formen und hellen Farben.

Jede hat ihren eigenen Duft.

Die Rosen-Seife gefällt dir besonders gut.

Bunte Ostereier-Seifen gibt es,

vielleicht mögen sich die Kinder damit waschen.

Auf einem Arbeitstisch liegt Seifenmasse,

wie ein Plätzchenteig,

der darauf wartet, geformt zu werden.

Er muss wohl lange warten,

denn die blitzblanken Formen liegen unbenutzt daneben.

Du kannst weitere Seifen-Formen in den Glasvitrinen

bewundern.

Sie glänzen kupferfarben und goldfarben.

Dein Blick wandert weiter

zu einem seltsamen Arbeitsplatz:

ein weißer Bürostuhl,

davor im Halbrund ein weißes Regal

mit hunderten von kleinen Glas-Fläschchen.

Jedes Fläschchen ist sorgfältig mit Namen versehen.

Du erfährst, dies ist ein ganz spezieller Arbeitsplatz

für „die Nase", - „le nez".

Die Nase, also die Dame, die so gut riechen kann,

kennt alle Düfte in den Fläschchen.

Sie kann neue Parfüme erfinden,

immer wieder neue Düfte zusammenstellen.

Das kann nicht jeder.

Die Ausbildung der „Nase" dauert lange.

Ein besonderer Beruf, „Nase" zu sein,

auch in Frankreich.

Zum Abschied darfst du verschiedene Parfüms testen.

Die Düfte werden auf lange, schmale Papierstreifen gesprüht.

Du wedelst dir mit dem Papierstreifen Lavendelduft um die
Nase.

Diesen Duft nimmst du mit.

Du verlässt das Museum

 - und befindest dich wieder im Lavendel-Schaum deiner
Badewanne.

Langsam und tief atmest du den Duft ein,

und wieder aus, - ein und - aus....

Du beendest dein Bad.

Ruhig und entspannt kannst du nun den Tag genießen.

Im Hirschgarten

IM SITZEN:

Du setzt dich bequem hin.

Den Boden fühlst du unter deinen Füßen.

Du lässt deinen rechten Fuß kreisen,

ganz locker, rund herum,

dann hin und her.

Nun machst du das gleiche mit deinem linken Fuß,

kreisen, - hin und her pendeln.

Deine Füße bleiben ruhig am Boden stehen.

Du lässt deine Handgelenke kreisen,

ganz locker, rund herum,

dann hin und her.

Deine Hände bilden jeweils eine Faust.

Fest, - noch fester ballst du deine Finger zu Fäusten.

Du öffnest deine Hände,

massierst leicht jeden einzelnen Finger beider Hände.

Du schüttelst locker deine Hände aus.

Dann bleiben sie ruhig neben deinem Körper liegen.

Du sitzt ganz entspannt,

kannst die Augen schließen.

IM LIEGEN:

Du lässt deinen rechten Fuß kreisen,

ganz locker, rund herum,

dann hin und her.

Nun machst du das gleiche mit deinem linken Fuß,

kreisen, - hin und her pendeln.

Deine Füße bleiben ruhig liegen.

Du lässt deine Handgelenke kreisen,

ganz locker, rund herum,

dann hin und her.

Deine Hände bilden jeweils eine Faust.

Fest, - noch fester ballst du deine Finger zu Fäusten.

Du öffnest deine Hände,

massierst leicht jeden einzelnen Finger beider Hände.

Du schüttelst locker deine Hände aus.

Dann bleiben sie ruhig neben deinem Körper liegen.

Mit deinem Rücken spürst du die Unterlage,

du liegst ganz schwer und fest darauf,

dann ganz leicht und locker.

Du drückst deinen Kopf gegen die Unterlage,

ganz fest, - dann lässt du ihn ruhig liegen.

Du liegst ganz entspannt,

kannst die Augen schließen.

In deiner Fantasie befindest du dich auf einer kleinen Straße.

Du gehst die Straße entlang,

vorbei an Vorgärten, Zäunen und Häusern.

Dann ist eine Wiese neben dir,

frisch gemäht.

Du riechst den Duft von Gras.

Du ziehst deine Schuhe aus.

Barfuß läufst du über das weiche Gras.

Eine Blumeninsel liegt vor dir.

Hier wurde nicht gemäht.

Weiße, gelbe, blaue und lila Blüten leuchten in der Sonne.

Insekten tummeln sich in den Blumen.

Du hörst ihr sanftes Brummen.

Du gehst weiter über das Gras.

Ein Bach plätschert an dir vorbei.

In einem Becken wird etwas Wasser gespeichert.

Immer wieder neues Wasser fließt nach.

Ein kleines Wasserrad dreht sich.

Das Wasser ist klar.

Du siehst die Kieselsteine auf dem Grund.

Fische schwimmen darin: Forellen.

Du siehst eine Treppe, die zum Wasser führt,

gehst hinab, - setzt dich hin.

Langsam, vorsichtig steckst du deine Füße ins Wasser.

Es ist erfrischend kühl.

Du bewegst deine Füße im Wasser.

Das Wasser kreist um deine Füße.

Du ziehst deine Füße aus dem Wasser,

lässt sie in der Sonne trocknen.

Dann stehst du auf und gehst weiter,

Durch einen Zaun siehst du in der Ferne Dammwild.

Ein Hirsch hat ein mächtiges Geweih.

Große und kleine Tiere sind dort.

Dir gefallen vor allem die Jungtiere.

Sie sind alle gut getarnt.

Ihre Farbe hebt sich kaum von ihrem Lebensraum ab.

Die Umgebung sieht zum Teil ähnlich beige und braun aus.

Die Rehe und Hirsche laufen anmutig über ihre große Weide.

Du übernimmst ein wenig von ihrer großen Bewegungsfreude

und schreitest weiter,

zurück über den Bach, - über die Wiese.

Hohe Bäume spenden dir Schatten.

Du kommst zu einem kleinen Holzhäuschen.

Herzchen sind kunstvoll in die Tür eingesägt.

Das findest du nett.

Wieder gehst du an der Blumeninsel vorbei,

genießt noch ein wenig den Duft der Blumen,

das Summen der munteren Insekten.

Du ziehst deine Schuhe an

und verlässt die Wiese,

den schönen Hirschgarten.

Du betrittst die Straße

und befindest dich wieder im geschäftigen Leben des Dorfes.

Du öffnest die Augen,

bewegst die Füße, - die Hände, - streckst die Arme

und stehst auf, voller Energie nach deiner Fantasiereise in den

Hirschgarten.

Bunte Blätter

Es ist Herbst,

schon ein wenig kühl.

Du ziehst dich passend an

und machst eine Fantasiereise in den Wald.

Von weitem siehst du schon die bunten Blätter der Bäume.

80

Sie leuchten gelb wie die Mittags-Sonne,

rot wie die Abend-Sonne,

manche orange, ein Gemisch aus Rot und Gelb.

Es sind auch grüne Blätter dabei,

hellgrüne und dunkelgrüne.

Einige Blätter sind braun

und erinnern dich an Schokolade.

Eine dicke Schicht der Blätter bedeckt den Waldweg.

Deine Füße bewegen sich hindurch,

wirbeln die Blätter auf.

Das macht ein interessantes Geräusch.

Du gehst weiter und genießt die bunten Herbstfarben.

Hoppla! Eine Eichel fiel dir gerade auf den Kopf.

Vielleicht wird sie dann von einem Eichhörnchen gesammelt,

für den Wintervorrat.

Deine Urgroßeltern haben vielleicht etwas anderes mit den

Eicheln gemacht:

Kaffee daraus gekocht, wenn keine richtigen Kaffee-Bohnen

da waren.

Jetzt kommst du in einen Nadelwald.

Hier werden keine Blätter abgeworfen,

sondern Tannen-Zapfen, Kiefern-Zapfen, Fichten-Zapfen.

Sie liegen auf dem Waldboden.

Eichhörnchen mögen ihre Samen.

In früheren Zeiten haben die Leute sie gesammelt,

um den Ofen einzuheizen.

Der Weg führt nun weiter zu Laubbäumen.

Du hebst ein Blatt auf.

Es ist besonders schön,

hellgelb, mit roten und grünen Äderchen.

Du kannst nicht alle schönen Blätter mitnehmen.

Es sind zu viele.

Was wird aus ihnen?

Die Natur verschwendet doch nichts.

Die Blätter werden wieder zu Erde.

Sie ernähren so ihren Baum

und viele Lebewesen,

die in der Erde leben.

Aber das Blatt, das du dir ausgesucht hast,

behältst du in deiner Hand.

Es fühlt sich noch frisch an,

kalt und ein bisschen nass.

Wie schön seine Farben sind.

Mit dem Blatt in der Hand

gehst du den Weg zurück,

wirbelst mit deinen Füßen das Laub auf.

Es war ein schöner Spaziergang.

Im Supermarkt

In deiner Fantasie gehst du in einen großen Einkaufsmarkt,

über den allzu riesigen Parkplatz,

hinein durch die Eingangstür,

die sich von selbst öffnet.

Du bist unsichtbar.

Das erfüllt dich mit Leichtigkeit.

Ganz in Ruhe kannst du dich umsehen.

Niemand kann dich wahrnehmen.

Du beginnst mit der Abteilung:

Bücher, Schreibwaren.

Du findest ein Buch über Katzen,

blätterst es durch,

lauter niedliche Katzenfotos.

Eine Dame sucht bei den Karten,

vielleicht eine Geburtstags-Karte?

In ihrem Einkaufswagen hat sie viele Dosen mit Katzenfutter.

Du legst das Katzenbuch dazu.

Jetzt betrittst du die Kosmetikecke.

Du probierst verschiedene Parfüms aus:

frischer, herber Duft,

süßlicher Blumenduft,

Zitronen-Verbene ist dein Lieblingsduft.

Schnell weiter zu den Getränken.

So ein Weg durch den Laden macht durstig.

Du suchst dir ein Getränk aus

und genießt es,

Schluck für Schluck.

Du gehst weiter zu den Spezialitäten.

Getrockneter Schweineschinken ist heute im Angebot.

Es ist sehr viel davon da.

Wer das wohl alles kauft.

Wo war noch das Buch mit den niedlichen Ferkeln?

Natürlich neben den Katzenbüchern.

Mit einer Leichtigkeit schwebst du dahin.

Kein Problem,

du bist ja unsichtbar.

In einem kurzen Augenblick

hast du das Buch mit den possierlichen Schweinchen

neben den großen Schinken gelegt.

Die Obstabteilung findest du erholsam.

Buntes, duftendes Obst.

Du probierst davon soviel du magst.

Ein kleines Kind sitzt im Einkaufswagen.

Es knabbert Kartoffelchips aus einer Tüte.

Sie sind mit Paprika gewürzt.

Die Mutter des Kindes sucht gerade die schönsten Tomaten

aus.

Jede fasst sie dabei prüfend an.

Schnell nimmst du dem Kind die Chipstüte aus der Hand,

ersetzt sie durch ein Stück Wassermelone.

Das Kind freut sich über die Erfrischung nach den würzigen

Chips.

Es beißt herzhaft in die saftige Melone.

Saft tropft in den Einkaufswagen,

macht doch nichts.

Du schwebst in die Kühl-Abteilung.

Hier ist es angenehm kühl.

Ein schlanker junger Herr schiebt mit seinem Wagen vorbei.

Er studiert vegane Erzeugnisse,

pflanzliche Wurst und Käse, der nicht aus Milch hergestellt

wird.

Du findest ihn nett,

denn er nimmt wohl Rücksicht auf Tiere.

Hafermilch liegt schon in seinem Wagen.

Du legst eine vegane Eistorte dazu.

Vielleicht freut er sich darüber.

Langsam wird dir doch etwas kühl.

Zum Aufwärmen besuchst du die Freizeit-Abteilung.

Eine gepolsterte Liege ist aufgebaut

und wartet auf dich.

Unsichtbar, wie du bist, legst du dich hinein.

Du machst es dir bequem auf dem weichen Polster.

Ganz entspannt schließt du die Augen.

Von fern hörst du die Ansagen über Sonderangebote,

leise Kaufhausmusik,

immer leiser,---

dann träumst du weiter,

vielleicht von einem Besuch in der Spiele-Abteilung...

Im Wohlfühl-Land

Du schließt die Augen.

Vor dir liegt ein schönes Land,

das Wohlfühl-Land.

Du hörst einen Bach plätschern,

ein angenehmes, beruhigendes Geräusch.

Sonnenstrahlen spiegeln sich im Bach.

Du fühlst dich wohlig warm in der Sonne.

Leute kommen zum Bach.

Sie haben Trinkflaschen dabei

und füllen diese mit dem klaren Wasser.

Sie trinken langsam.

Dann stellen sie ihre Flaschen im Gras ab.

Sie stellen sich auf der Wiese zu einem Kreis auf

und bewegen schwungvoll ihre Arme.

In deiner Fantasie machst du bei ihrer Gymnastik mit.

Du hüpfst mit ihnen von einem Bein auf das andere.

Liegestütze, eins, zwei, drei, vier, usw.

Du fühlst dich topfit.

Jetzt Kniebeuge, eins, zwei, drei, vier, usw.

Du bist gut in Form.

Du schlägst ebenfalls ein Rad,

machst einen Handstand.

Du kannst sogar auf den Händen laufen.

Jetzt Kopfstand,

du siehst die Welt aus dieser Position,

so ganz von unten nach oben.

Wie schön die Welt ist!

Du genießt den Anblick.

Deine Beine kommen wieder zurück auf die Erde.

Du stehst auf,

trittst mit den Füßen fest auf den Boden,

trampelst ein wenig mit den Füßen.

Du öffnest deine Augen.

Deine Arme dehnst du nach oben aus.

Du bist zurück in deinem Land.

Ist es auch ein Wohlfühl-Land?

Du hast sauberes Wasser,

gesundes Essen,

eine warme Wohnung,

Arbeit in einer lieben Gemeinschaft.

Es geht dir gut.

Das Zauber-Fahrrad

Stell dir vor,

du liegst gemütlich in deinem Bett.

Deine Füße sind gut zugedeckt

und schön warm.

Deine Beine liegen entspannt auf der Matratze,

deine Arme neben deinem Körper.

Deine Hände sind locker, leicht geöffnet.

Dein Kopf liegt angenehm auf einem weichen Kissen.

Du träumst mit geschlossenen Augen.

Im Traum holst du dein Fahrrad aus der Garage.

Es ist ein Zauber-Fahrrad.

Du steigst auf.

Ganz leicht trittst du in die Pedalen.

Es fährt so schnell, wie du willst.

Federleicht trägt es dich die Straße entlang.

Es ist noch dunkel.

Die Fahrrad-Lampe leuchtet dir den Weg.

Du siehst rechtzeitig jede Kurve,

jede Abzweigung.

Das Fahrrad lässt sich gut lenken.

Du bist allein auf den Straßen,

kannst die Ruhe genießen

und die frische Morgenluft.

Tief atmest du langsam ein,

und wieder aus,...

Der Mond steht noch am Himmel,

milchig weiß von Wolken verschleiert.

Der Morgen dämmert schon.

Die Landschaft vor dir ist langsam zu erkennen.

Du fährst an einem Fischweiher vorbei.

Am Himmel erscheinen rötliche Streifen.

Die Sonne geht auf.

Ein oranger Feuerball.

Nebel steigt aus dem Weiher auf.

Der Nebel und das Wasser werden in oranges Licht getaucht.

Ein schönes Bild.

Du stellst dir freundliche Wasser-Feen vor,

die im orangen Nebel tanzen.

Weiter geht es auf deinem Fahrrad,

auf und ab durch die hügelige Landschaft.

Wälder und Felder ziehen vorbei.

Du hörst die munteren Vögel in den Bäumen zwitschern.

Auf einem Bauernhof wird schon fleißig gearbeitet.

Dann erreichst du ein Dorf.

Schulkinder warten an der Haltestelle auf den Bus.

Sie wuseln hin und her

und haben sich viel zu erzählen.

Ein Kind winkt dir freundlich zu.

Du winkst zurück.

Du siehst bunte Blumengärten vor den Häusern.

Ein angenehmer Duft von Gebäck liegt in der Luft.

Davon angelockt, erreichst du eine Bäckerei.

Du hältst dein Fahrrad an und steigst ab.

Es ist ungewohnt, wieder mit den Füßen auf dem Boden zu stehen.

Du trittst ein paarmal fest auf,

stellst dein Fahrrad ab.

Jetzt streckst du die Arme ganz weit nach oben aus,

schüttelst deine Hände.

Sie müssen jetzt nicht mehr den Fahrrad-Lenker halten.

Du massierst mit der rechten Hand die Finger deiner linken

Hand,

jeden einzeln, ganz sanft,

dann die Finger der rechten Hand mit der linken...

Du folgst dem Duft in die Bäckerei.

Die Fahrt mit dem Zauber-Fahrrad ist vorbei.

Vielleicht magst du jetzt auch ein Stück frisches Brot,

eine Brezel,

dazu ein Getränk,

Tee, Kaffee – oder Kakao....

Auf dem Markt

In deiner Fantasie bist du in einer kleinen Stadt.

Gemütliche alte Häuser umgeben dich.

Sie haben bunte Fassaden,

hellgrün, lachsfarben, hellrot, hellblau , weiß und beige.

Zwischen den Häusern befindet sich ein großer Platz.

Heute ist er ein Marktplatz.

Auf dem alten Kopfstein-Pflaster gehst du zum Wochenmarkt.

Freundliche Verkäufer bieten ihre Ware an,

erdige Kartoffeln und Kohl in allen Formen und Farben:

gelb-grünen Wirsing, dunkelgrünen Grünkohl,

lila Rotkohl, hellgrünen Weißkohl,

Spitzkohl und Blumenkohl.

94

Du kannst auch Rote Bete kaufen,

Karotten oder Zwiebeln.

Am Boden befinden sich leuchtend orange Kürbisse,

einer schöner gemustert als der andere.

Du gehst weiter zum Blumenstand.

Die Sonne scheint und lässt die Herbstblumen

in ihren bunten Farben leuchten.

Welche Blume ist die schönste?

Die rote Aster - oder die gelbe Sonnenblume?

Hopfenkränze hängen an dem Stand.

Herber Hopfenduft umgibt die Kränze.

Nebenan verkauft eine ältere Frau Honig.

Magst du probieren?

Lieber würzigen Waldhonig,

 lieblich süßen Blütenhonig

oder Kastanienhonig mit etwas bitterem Geschmack?

An einem weiteren Stand wird Brot verkauft,

in einem Steinofen gebacken.

Der Brotduft lockt dich an

Du darfst ein kleines Stückchen probieren.

Knusprig frisches Brot, lecker!

Du siehst einen Stand mit Besen, Bürsten und Pinseln.

Die Pinsel fühlen sich weich an,

die Bürsten hart

und der Staubwedel aus Federn fluffig.

Eine Kehrschaufel aus Metall spiegelt die Sonne.

Ein junges Päärchen kauft sie,

mit einem Handfeger dazu,

vielleicht für ihren ersten gemeinsamen Haushalt.

Ein älterer Herr freut sich über einen Rasierpinsel.

Du hörst fröhliche Volksmusik im Dreivierteltakt,

würdest am liebsten einen kleinen Walzer dazu tanzen.

Die Musik erklingt aus einem Stand

mit Gewürzen und Tee.

Die nette Verkäuferin zeigt dir die Teesorten:

Grüner Tee, Schwarztee,

Kräutertee und Früchtetee.

Der Kräutertee riecht nach Kaugummi, pfefferminzig.

Der Schwarztee verströmt Rosenduft.

Auch interessante Gewürze gibt es zu entdecken.

Zimt und Nelken erinnern an Weihnachten.

Die Verkäuferin schenkt dir Tonka-Bohnen.

Sie haben ein Aroma wie Vanille, Rum und Zimt zugleich.

Was es alles gibt!

Du kaufst ein Kürbiskuchen-Gewürz

aus Zimt, Ingwer, Piment, Muskat und Nelken

und freust dich auf deinen nächsten Kürbiskuchen.

Oder magst du lieber einen Apfelkuchen?

Der Obststand ist voller rotbackiger Äpfel.

Manche sind auch grün und gelb,

saftig, süß oder säuerlich,

je nach Sorte.

Mit ein paar Äpfeln in der Einkaufstasche gehst du weiter.

Du schaust dich noch einmal um

nach dem bunten Treiben auf dem Markt.

Es füllt dich mit Energie

und Heiterkeit.

In dieser Stimmung verlässt du den Markt.

Hausputz

In deiner Fantasie machst du einen Hausputz.

Dazu brauchst du deine Hände.

Du machst sie fit,

massierst mit der rechten Hand jeden Finger der linken Hand

und mit der linken Hand jeden Finger der rechten.

Ganz sanft!

Du schüttelst die Hände aus.

Nun sind sie ganz locker.

Du nimmst einen Staubwedel in die Hand.

Die Federn sind lila und weiß,

fühlen sich ganz flauschig an.

Mit dem Staubwedel fährst du über ein Regal.

Die große Muschel auf dem Regal

erinnert dich an deinen Urlaub am Meer.

Meeresrauschen, Sonne, warmer Sand,

eine schöne Erinnerung.

Eine Katze aus Salzteig daneben

wurde von geschickten Kinderhänden hergestellt,

ebenso die bunte Schnecke aus Pappmache.

Du schaust auf das kleine Bild im Regal.

Ein Kind hat es gezeichnet mit der Aufschrift:

Bongoschwolle, - was ist das denn?

Auf jeden Fall macht das Bild gute Laune!

In der unteren Etage des Regals staubst du eine alte Schachtel

ab.

Sie ist voller Räucherstäbchen aus Indien,

duftet süßlich.

Der kleine, goldene Elefant daneben sieht freundlich aus.

Glück soll er bringen.

Die Schokolade unter dem Elefanten

ist mit echtem Silber verziert.

Das Silber glänzt,

 nachdem du die durchsichtige Verpackung abgestaubt hast.

Schokolade, - wie köstlich!

Kakaobutter, die süß auf der Zunge zergeht.

Die im Regal ist jedoch schon zu alt zum Essen

und zu schade.

Du wedelst über eine Dame

aus weißem Rosenthal-Porzellan,

zu kostbar zum Wegwerfen.

Opa hatte wohl einen seltsamen Geschmack.

Eine andere Dame muss auch abgestaubt werden.

Sie trägt einen bunten Faltenrock aus Porzellan,

ausgestattet mit einer Glühbirne,

Sie kann von innen erleuchtet werden,

ein beneidenswerter Zustand,

wenn nur das Kabel mit dem Stecker

nicht abgeschnitten wäre.

Nun ist der Fußboden an der Reihe.

Du magst flotte Musik,

einen Tanz mit dem Besen durch die Wohnung.

Danach gönnst du dir einen angenehmen Duft im Putzwasser,

Orangenduft im angenehm warmen Wasser.

Nach dem Wischen freust du dich

über die Sauberkeit in deiner Wohnung.

Du hast es schön,

behaglich warm,

mit weichen, bequemen Sesseln

und einem gemütlichen Sofa.

Hell und freundlich ist dein Zuhause.

Du fühlst dich darin wohl.

Eine Weile noch bleibst du entspannt sitzen.

Deine Fantasiereise ist zu Ende.

Du reckst und streckst dich,

stehst auf,

und - wie wäre es mit einem Hausputz?